SOPA DE LLIBRES

El paper utilitzat en aquesta edició compleix els requisits mediambientals FSC, que garanteixen un circuit sostenible en tota la cadena de producció.

Mallorca, 45, 4a planta. 08029 Barcelona
Telèfon 932 172 054. Fax 932 373 469
barcanova@barcanova.cat
www.barcanova.cat

Disseny: Manuel Estrada

Projectes: Sara Moyano
Edició: Montse Ballaró
Maquetació: Míriam Corchero
Assessorament literari: Pere Martí

Primera edició: abril de 2011

ISBN: 978-84-489-2689-2
Dipòsit legal: B-11876-2011

Imprès a Gràfiques 92, SA
Av. Can Sucarrats, 91
08191 Rubí
Printed in Spain

Mal de queixal

SOPA DE LLIBRES

Anna Cros

Mal de queixal

ARCANOVA EDITORIAL

Il·lustracions
de Jani Lunablau

Per als amics d'Oms

ÍNDEX

1
La raconada del riu

La meva vida va canviar per culpa d'un terrible mal de queixal.

Jo sempre havia viscut amb la meva nombrosa família —pare, mare, avis i vuit germans i germanes— en una raconada tranquil·la d'un riu. Les aigües clares atreien altres famílies com la meva, amb les quals ens fèiem bastant. També n'atreia altres de molt diferents de la meva, i ens suportàvem bastant. I el més important, aquell riu tan atractiu atreia els nostres esmorzars, dinars, berenars i sopars de cada dia.

Com que els petits de la família teníem els àpats solucionats, ens dedicàvem a les activitats pròpies de qualsevol criatura: jugàvem a nedar tan de pressa com podíem, traient el nas per sobre de l'aigua; fèiem concursos de pesca ràpida; ens esquitxàvem i esquitxàvem a tothom que se'ns acostava, i jugàvem al joc del tronc, que consistia a quedar-nos quiets molta estona fent veure que érem el tronc d'un arbre i, quan s'acostava algú, ens hi tiràvem a sobre i li provocàvem un ensurt mortal.

Els meus pares ens educaven perquè féssim una vida sana: cada dia fèiem banys de fang, ens menjàvem la carn i el peix ben crus i no tastàvem mai cap llaminadura. De fet, no sabíem ni que existien.

Fins que un dia...

Va arribar la meva cosina que vivia riu avall. Va venir neta, polida i carregada de regals per a tota la família: un anell i un collaret per a la meva mare, unes ulleres i un rellotge per al meu pare i una enorme bossa de llaminadures per a nosaltres. Hi havia de tot: pollets de xocolata, musclos de sucre candi, peixets de pega dolça, una tortuga feta d'aquell sucre filat de color rosa, que et deixa el morro enganxifós i et queda agafat a les dents.

Jo no havia tastat mai unes menges tan exquisides i, malgrat la mirada assassina de la meva mare, que no s'atrevia a renyar-me davant de la meva cosina, vaig endrapar tantes llaminadures com vaig poder.

—Has menjat massa llaminadures —em va dir la meva mare quan la meva cosina no la sentia—. Et posaràs malalta!

Però no li vaig fer gens ni mica de cas.

—Tindràs mal de panxa —em va dir la meva mare aquella mateixa tarda.

Però no en vaig tenir.

—T'agafarà mal de cap —em va dir la meva mare al vespre.

Però no me'n va agafar.

—No tindràs gana per sopar —em va dir la meva mare a la nit.

Però vaig tenir molta gana.

—No podràs dormir —em va dir la meva mare quan me'n vaig anar al llit.

Però vaig dormir com un tronc de veritat.

—Et faràs malbé les dents —em va dir la meva mare l'endemà al matí.

I aleshores es va acomplir la dita que diu que les mares sempre tenen raó.

Un cop em vaig haver acabat tota la reserva de llaminadures de la meva cosina, vaig començar a notar una molèstia estranya a la boca: era com si algú hagués engegat una màquina perforadora i m'anés perforant, a poc a poc, les dents. I la màquina, vull dir el mal, no parava mai de perforar i cada vegada ho feia més i més fort.

Primer no vaig dir res, perquè el meu orgull m'ho impedia. Ves si havia de donar la raó a la meva mare. I ara! Abans preferia aguantar-me el mal.

Però el mal es va anar estenent per tota la meva dentadura. I penseu que nosaltres tenim un munt de dents a banda i banda de la mandíbula, sense comptar les dues que sempre ens surten per fora de la boca, quan la tanquem. Això vol dir que em feien mal una muntanya de dents. Un mal insuportable, que feia que em regalimessin llàgrimes de cocodril galtes avall.

—Mareee!!! Tinc molt mal de queixal!!!

Prefereixo estalviar-vos què em va dir la mare quan va sentir aquest crit: que si jo ja t'ho havia dit; que si mai no fas cas de res; que t'ho tens ben merescut; que i ara què farem, etc.

Aquell vespre, els adults de la meva família es van reunir en una raconada del riu per decidir què s'havia de fer amb mi i amb el meu mal de queixal, perquè era el primer cop que algú de la família en patia.

—Avisem el pica-soques perquè li arrenqui tots els queixals corcats —va dir el meu avi.

—Pengem-la d'un arbre, de cap per avall, durant una setmana perquè se li'n vagin els humors malignes —va dir la meva àvia.

—Duguem-la a la cova dels micos bruixots, perquè li facin un encanteri —va proposar el meu pare.

—Portem-la a cal dentista perquè la visiti —va dir la meva mare.

I va quedar entès que aniríem a veure un dentista, l'únic que hi havia en aquella zona, que tenia la consulta molt lluny, tres dies riu avall. Com que la meva cosina hi vivia a prop, aprofitaríem per acompanyar-la a casa seva.

Així doncs, tota la família ens vam posar a parlar del viatge que començaríem l'endemà mateix la mare, la cosina i jo per unes aigües plenes de perills per a nosaltres, perquè, com més ens acostaríem a la desembocadura, més fàcil seria que algú ens volgués fer la pell.

Vull dir, que algú ens volgués convertir en objectes de pell de luxe: unes sabates de taló alt, per exemple, una bossa per sortir de nit o un cinturó a l'última moda.

Entre el mal de queixal que tenia i el neguit que em provocava aquell viatge, em vaig passar tota la nit regirant-me i somiant que em caçaven, que m'escorxaven i que em convertien en una catifa. Per cert, no sé si us he dit que pertanyo a una distingida família de cocodrils, que es vanta de no haver perdut mai cap dels seus membres a causa d'una acció d'aquest tipus. I és clar, jo, que era la més petita, no hauria volgut per res del món ser la vergonya de la meva estirp. Ja era prou ridícul veure'm a mi mateixa gemegant tota l'estona i amb les dues mandíbules embolicades amb tires d'algues pudents, perquè la meva àvia deia que calmaven el dolor.

Aquella nit em va semblar mortalment llarga.

2
El viatge

Quan es va començar a fer clar, just en un dels pocs moments en què jo dormia profundament, es va sentir una veu alegre que deia:

—Bon dia, filleta. —La mare sempre es llevava la primera—. He preparat les coses que ens hem d'endur. N'he fet tres piles, ho veus? Només he triat allò estrictament imprescindible, perquè el viatge és llarg i no ens hem de cansar innecessàriament.

Em sembla que tampoc no us he explicat com és la meva mare. Li encanta llevar-se d'hora per poder organitzar i planificar el dia, fer llistes de coses que no ens hem d'oblidar, despertar-nos sense contemplacions i explicar-nos, amb la veu molt forta, quan encara estem mig adormits, tot allò que hem de fer... I, com que és una mica despistada, de vegades les coses ens les explica dues o tres vegades. En fi, ja ho anireu veient a mesura que avanci la meva història. Ara, tornem al matí del primer dia de viatge.

—Mare, vols dir que les aletes de nedar, la brúixola i la crema de protecció solar són coses «estrictament imprescindible»? —vaig preguntar amb una veu horroritzada.

—Sí, reina, és clar —va respondre tranquil·lament—, ho he llegit en un manual del bon cocodril excursionista que ahir vaig anar a buscar a la biblioteca.

M'he oblidat de dir-vos que a la mare li encanta anar a la biblioteca!

Vaig pensar que encara em duraven els malsons de la nit, però la veu de la meva mare em va tornar a la realitat.

—També he preparat paper i llapis perquè puguem escriure un diari de viatge i un mapa on surten tots els meandres del riu. El mapa és per si ens perdem —em va aclarir.

—Però, mare, jo el que vull és anar al dentista. Tant li fa el viatge. No passarà res que valgui la pena d'escriure en un diari! I els rius sempre van avall, fins a arribar al mar. No hi ha cap possibilitat que ens perdem!

Quan et queixes, la meva mare sempre fa el posat de ser sorda com una tàpia. Aquella vegada va fer el mateix i va anar apilant ordenadament les coses que ens havíem de posar a la motxilla: tres mapes, tres brúixoles, tres pots de crema de protecció solar i una bossa de fruites seques per si de cas...

No va servir de res que la meva cosina, que, com que viu en una raconada elegant, duia les ungles de les urpes pintades de color lila, li digués que se li farien malbé si es posava les aletes. No va fer cas que jo, que era de bosc, li digués que trobava ridícul haver de dur una brúixola per orientar-nos, que jo m'orientava amb el sol i les estrelles. No va voler escoltar-nos quan li vam dir que els cocodrils no ens cremàvem encara que el sol fos molt fort.

No va fer cas de les nostres cares llargues i emmurriades. Al contrari, anava explicant a tothom que la volgués escoltar la il·lusió que ens feia, a la meva cosina i a mi, tot aquell enrenou.

—Penseu que és la primera vegada que la meva filla petita se n'anirà riu avall, —deia als veïns de més amunt—. Està tan emocionada que aquesta nit gairebé no ha pogut dormir! —S'oblidava d'aclarir que la culpa la tenia el meu terrible mal de queixal—. I totes dues estan encantades amb l'equip que els he preparat. Semblen unes exploradores de veritat!

Els meus germans i germanes grans es cargolaven de riure observant les nostres cares malhumorades i s'oferien a completar el nostre equipament amb coses que, segons ells, era im-pres-cin-dible que ens enduguéssim.

—Jo us puc deixar el meu caçapapallones —deia el meu germà gran amb un somriure murri—. Us serà molt útil per caçar unes espècies molt rares que viuen riu avall. Diuen que el polsim de les ales d'aquestes papallones cura el mal de queixal.

—Doncs jo crec —afegia la meva germana mitjana, rient per sota el nas— que us hauríeu d'endur tres cadires ple-

gables per poder fer els pícnics assegudes còmodament. No hi ha res que vagi millor per a la dentadura!

—També us hauríeu d'endur un trineu per si heu de travessar alguna muntanya ben alta, i un assecador de mà, i una nevera portàtil —hi afegien els altres.

—Moltes gràcies, reis meus —va respondre la meva mare amb la veu emocionada i els ulls brillants—. M'agrada molt que us preocupeu per nosaltres, però em sembla que ja anem prou carregades i que no podem dur res més.

Els meus germans grans, a més de grans, eren antipatiquíssims.

—Me les pagareu —vaig dir-los quan la mare va haver marxat—. Us aprofiteu que sóc la petita per prendre'm el pèl, però quan torni us faré la guitza tot el dia i no us tornaré a dirigir la paraula mai més. Vosaltres us ho perdreu!

Havent esmorzat, enmig d'aquell càlid i cordial ambient familiar, ens vam acomiadar de tothom i ens vam disposar a emprendre el viatge per anar a veure el dentista que m'havia de curar el mal de queixal, guarnides com si anéssim a una festa de carnaval. Quina vergonya que ens feia, a la meva cosina i a mi, pensar que podíem trobar algú conegut pel camí o, encara pitjor, algun jove cocodril desconegut, que es riuria de nosaltres sense contemplacions.

—Esteu a punt, nenes? No us oblideu de posar-vos les aletes, el barret i crema per protegir-vos del sol perquè no se us cremi el nas. Quan digui tres ens tirem a l'aigua, d'acord? A la una, a les dues i a les tres!

I així vam començar el viatge; la mare, amb un gran entusiasme, i nosaltres, de molt mal humor. La meva cosina i jo nedàvem ben callades i dúiem les ulleres de sol posades amb l'esperança que així no ens reconeixeria ningú, però la mare feia tot el possible per cridar l'atenció, donant-nos instruccions inútils:

—Tronc d'arbre a babord —cridava, per exemple, amb una veu estrident—. Gireu vint graus a estribord i poseu la cua recta.

I nosaltres tiràvem recte i amb un cop de morro fèiem miques una branqueta de no res que flotava enmig del riu.

El pitjor de tot va ser quan vam passar per davant de l'escola —tots els meus companys i companyes estaven ajaguts a la vora del riu, badallant amb les boques ben obertes i amb els caps plens d'ocellets que se'ls menjaven els insectes— i la mare va començar a dir adéu a tothom i a dir-nos a nosaltres que féssim el mateix. Aquella estona vaig estar a punt d'ofegar-me, perquè em vaig submergir i vaig nedar per sota l'aigua, sense respirar, com a mínim dos quilòmetres, fins que vaig pensar que ja no em veuria ningú.

—Noia, que estranya que ets —em va dir la mare—. Tots els teus amics reien i et cridaven i tu, no sé per què, t'has submergit i no els has pogut dir res. Vols que tornem enrere perquè te'n puguis acomiadar?

—No, si us plau, mare! Tirem endavant tan de pressa com puguem; tinc tant de mal de queixal que no puc saludar ningú...

Aquell primer dia va ser, com deia la meva mare, un dia d'aclimatació. Ben aviat ens vam adonar que hauria estat molt més adequat endur-nos repel·lent de mosquits que no pas crema de protecció solar perquè, a mesura que nedàvem riu avall, el temps es tornava més humit i trobàvem una mena de monstres enormes i afamats, amb potes i fibló, que ens atacaven sense pietat, ens travessaven la pell —i mira que la tenim dura— i ens provocaven unes inflamacions que ens coïen molt. Els cocodrils no estem preparats per poder-nos gratar el llom, i per fer-nos passar la picor, ens havíem de rebolcar contínuament en els còdols del marge del riu, adoptant unes postures que s'escauen molt poc amb l'elegància natural de la nostra espècie.

A més, acostumades com estàvem a no haver-nos de preocupar per trobar menjar —a casa nostra ens arribaven aliments frescos cada dia—, ens va costar molt aconseguir fer un àpat una mica digne. Més ben dit, no ho vam pas aconseguir.

—Caçarem —va dir la mare—. Ja veureu que divertit que serà! Jo aniré la primera, submergida fins al nas, i vosaltres anireu darrere meu sense fer gens de soroll. Quan vegem una peça que ens faci el pes, ens hi tirarem al damunt i l'agafarem.

No ens va semblar una mala estratègia. A la pràctica, però, com que la meva mare de lluny no s'hi veu gaire, la cosa no va anar tan bé com ens pensàvem. El primer intent que vam fer va ser posar-nos totes tres de costat, a prop de la riba dreta del riu, en posició d'atac; ens vam treure els barrets i les aletes i ho vam deixar tot ben endreçat en una branca d'un arbre. Al cap d'una bona estona d'estar-nos immòbils, quan ja començàvem a tenir ganes de gratar-nos les picades dels mosquits, vam veure que, una mica més avall, l'aigua del riu feia un remolí.

—Atenció, ara puja un peix bou —va dir la mare, fent bombolles per sota el nas—. Posició d'atac i cues preparades.

I nosaltres ens vam submergir fins als ulls, vam preparar la cua, vam comptar fins a set i vam saltar ferotgement damunt de l'animal, que va resultar ser un tronc podrit, que no s'assemblava a un peix bou ni en pintura. El nostre atac, però, va fer fugir precipitadament un munt de mosquits i un parell d'ocells que havien apro-

fitat aquella barca improvisada per fer una becaina.

—Repetirem l'estratègia —va decidir la mare— perquè hem pogut comprovar que és molt bona. La pròxima vegada segur que ens en sortirem.

La meva cosina i jo ens vam mirar amb un posat una mica escèptic, però vam obeir les instruccions de la caçadora en cap sense protestar.

Al cap d'una hora de submergir-nos, saltar, donar cops de cua a tort i a dret i atacar tots els fustots que navegaven per aquelles aigües, ens sortia el fetge per la boca i no podíem dir ni fava. M'imagino que tots els peixos i els animals de la ribera, alertats pel soroll que fèiem, devien estar ben amagats, rient per sota el nas i comptant en un marcador imaginari: «Un a zero, dos a zero, quinze a zero...» A favor seu, és clar.

—Mare, si et plau, parem una mica, que no podem més —vaig dir—. Cada vegada que salto tinc una punxada de mal de queixal que em fa veure les estrelles!

—Deixa'ns descansar una mica —panteixava la meva cosina, que no estava acostumada a fer tanta gimnàstica inútil—. Per culpa d'aquests cops se m'estan fent malbé totes les ungles!

—Que no ho veus, que així no farem res? —dèiem plorant totes dues—. Estem cansades i tenim molta gana!

—D'acord, d'acord —va dir finalment la mare—. Ja n'hi ha prou de cacera per avui. Ara ens dedicarem a recollir la fruita sucosa dels arbres de la ribera per preparar un bon sopar vegetarià. Demà continuarem l'entrenament. Oi que ens ho hem passat molt bé, caçant en grup?

Filla i neboda vam preferir no respondre aquella pregunta.

A la vora del riu no hi havia gaires arbres fruiters. En canvi, semblava com si tots els micos del món s'haguessin posat d'acord a fer punteria damunt dels nostres caps a còpia de tirar-nos cocos, ben amagats a les branques més altes de les palmeres.

—Quines bestioles més simpàtiques —va comentar la meva mare mentre intentava protegir-se el cap amagant-lo sota un matoll—. Segur que els agradaria jugar una estona amb vosaltres.

El bombardeig va durar una bona estona, fins que es va començar a fer fosc i aquelles bèsties se'n van tornar cap a casa seva. El fet és, doncs, que, adolorides, abonyegades i famolenques, vam acabar sopant uns quants trossets dels cocos que s'havien obert en caure damunt nostre. La polpa era molt dura i cada vegada que la intentava mastegar veia totes les estrelles i les constel·lacions del cel tropical. Quin mal que em feien totes les dents, i els queixals i tot el que devem tenir els cocodrils per dintre i per fora de la boca!

—Durarà gaire l'aclimatació, mare? —vaig rondinar mentre em fregava les galtes adolorides amb les potes del davant.

—T'han agradat les aventures d'avui, oi, reina meva? —va respondre amb tendresa—. No t'amoïnis, ja m'empescaré alguna cosa perquè demà també us ho passeu bé.

—Ai, ai, ai! —vam gemegar la meva cosina i jo alhora. El primer dia ens havia semblat espantós i amb les idees de bomber que tenia la mare ens temíem que el segon seria igual o, horror!, encara pitjor.

Aquella nit vaig somiar que els micos em tornaven a atacar i em feien saltar totes les dents, però quan em vaig despertar encara tenia tant de mal de queixal que vaig veure de seguida que només havia estat un malson.

El segon dia de viatge va començar amb els ànims una mica baixos: les picades dels mosquits ens molestaven, els bonys del cap ens feien mal, teníem gana, havíem dormit malament i jo gemegava per culpa de les dents. La meva mare, però, amb un bon humor impertorbable, ens va preparar un esmorzar a base d'algues i ens va dir amb un gran somriure:

—Se m'ha acudit una bona idea que ens farà el viatge més entretingut. —No us refieu mai de les bones idees de les mares—. Avui farem un joc d'orientació. Ens ho passarem la mar de bé!

Qualsevol cocodril que no fos la meva mare s'hauria adonat, veient el posat que fèiem la meva cosina i jo, que allò no ens semblava una bona idea, que no ens ho passaríem gens bé i que el que volíem, sobretot jo, era arribar d'una vegada a casa dels oncles perquè em dugues-sin a cal dentista.

Però em sembla que ja us he dit que la mare és una mica curta de vista, o sigui que no ens devia veure bé la cara.

—Estimades, ara farem servir les brúixoles, el mapa del riu i un xiulet perquè ens puguem cridar les unes a les altres en cas de necessitat. El joc consisteix que cadascuna ha de nedar sola, pel seu compte, durant unes quantes hores. Quan sigui l'hora de berenar ens trobarem en un lloc que ja està marcat en el mapa. La primera que hi arribi tindrà un premi. Oi que serà molt divertit?

La meva cosina va ser la primera que va marxar, fent una cara tan llarga que semblava que el morro li hagués crescut un parell de pams. Al cap de deu minuts, la meva mare va fer un toc de xiulet i em va tocar a mi començar el joc. Suposo que al cap d'una estona va sortir ella, però això no ho puc assegurar perquè jo ja no hi era.

En aquell tram, el riu feia molt pendent, però duia poca aigua, o sigui que jo baixava bastant de pressa i, sovint, amb la panxa fregava el fons del riu. Evidentment, ja no em recordava que duia la brúixola penjada al coll. «No te la treguis en tot el dia», m'havia dit la meva mare, «no fos cas que et perdessis.» I anava topant, patac, patac, patac, amb totes les pedres del llit del riu, fins que es

va trencar el vidre de la brúixola que protegia l'agulla i l'aparell va perdre el nord per sempre més.

D'això, no me'n vaig adonar fins al cap d'una bona estona, en el moment en què el riu es va ramificar en tres afluents i jo havia de triar el que anava més cap al sud. Quan me'n vaig adonar, vaig dir totes les paraulotes de cocodril que sabia, en veu baixa, no fos cas que la meva mare, que tenia una gran capacitat per sentir les paraulotes de lluny, les pogués sentir, i vaig

remenar la motxilla per treure el mapa del riu, resignada a fer-lo servir.

Però, ai las! Com que no havia fet cas de les indicacions del manual del bon excursionista, no havia protegit el mapa dintre d'una bosseta de plàstic impermeable que m'havien donat abans de marxar, i el que va sortir de la motxilla va ser un grumoll de paper mullat, una sopa de lletres i dibuixos que s'hauria indigestat a qualsevol excursionista que l'hagués tastat.

Llavors vaig tornar a dir totes les paraulotes de cocodril que sabia en veu ben alta. En el fons, començava a tenir ganes que la meva mare les sentís...

—Me caso en el dallonses del mapa dels daixonses! I ara, cap on tiro? He d'anar cap al sud, però el sol no em pot orientar perquè està ben núvol, la brúixola s'ha fet malbé i el mapa s'ha convertit en una bola de paper mullat. Com m'ho faré per encertar el camí?

Com que em feien mal les dents i no estava per orgues, vaig decidir que ho faria a la sort: «Un, dos, tres, pedra, paper, tisores.» Em va tocar tirar pel braç esquerre del riu.

No es pot dir que fos una decisió gaire encertada, perquè al cap de cinc minuts d'haver iniciat aquell camí se'm van començar a tirar a sobre un munt de piranyes de dents esmolades, que no devien haver menjat res des de feia dues setmanes i que, pel que es veu, aquell dia havien decidit dinar bocinets de cocodril.

—Nyam, nyam, nyam —sentia que cantaven—, avui tenim carn fresca per dinar. Veniu totes a menjar-ne; no espereu l'hora de sopar.

—Jo voldria una cuixeta —deia un peixot jove.

—I jo un tallet del mig —demanava un de vellet.

—Doncs a mi m'agradaria més un trosset de prop del coll, que és més tendre i va bé per al cutis —comentava una petita vampiressa.

«Que descarades que són», pensava jo mentre corria tant com podia. «Què

s'han cregut! Que no saben que els cocodrils som ferotges i perillosos? Que no saben que... Ai, que em mosseguen!»

Mentre elles intentaven mossegar-me, jo intentava nedar i fer-les fora a cops de cua. Però és molt difícil fer tot això alhora, perquè, com que la cua ens fa de timó, els moviments feien que canviés contínuament la direcció de la marxa i no avançava gaire, més aviat semblava que ballés un vals sense parella.

No va servir de res que els desitgés el mateix mal de queixal que tenia jo; pel que podia veure, tenien unes dentadures perfectes i moltes ganes de fer-les servir.

«Com me'n sortiré, d'aquesta?», pensava mentre la ballava i mirava al meu voltant intentant trobar la manera de salvar-me. «He de sortir de l'aigua com sigui, perquè aquests vampirs aquàtics no em puguin empaitar.»

I va ser una bona pensada: vaig poder sortir del riu, clavant les dents ben fort en una branca d'un arbre que penjava per sobre de l'aigua i donant-me impuls amb la cua i les potes per fer un salt i una corredissa cap a la vegetació de la ribera. Ja era a terra ferma, ben amagada, però tornava a veure les estrelles —cada vegada semblava que n'hi havia més— del mal que em feien els queixals

després d'haver mossegat aquella branca. Em feien tant de mal, que semblava que tots se'm moguessin; tenia unes punxades tan doloroses, que em regalimaven les llàgrimes galtes avall i sentia un brogit dintre del meu cap que no em deixava pensar amb claredat.

M'hauria quedat arraulida allà on era tota la vida, però sabia que no podia ferho, que havia de continuar el meu camí i intentar trobar la meva mare i la meva cosina abans que no es fes fosc.

Així doncs, sanglotant sorollosament, vaig continuar la meva ruta per terra —qualsevol es tornava a tirar a l'aigua—, sense saber si havia triat o no el bon camí. Vaig arrossegar-me lentament durant unes quantes hores, somiant en la meva llunyana raconada del riu, pensant en com s'hi estava de bé i comprovant com s'estava de malament en aquella jungla espessa, calorosa, plena de mosquits, de piranyes i de fang pudent que se'm posava dintre de les orelles i dels ulls i m'impedia de veure-hi bé.

No faltava gaire perquè es fes fosc i no veia cap indret que s'assemblés a un possible final de recorregut. Vaig pensar que es faria de nit, que la meva cosina i la mare es començarien a preocupar perquè jo no havia arribat, que em buscarien pertot arreu i que tornarien a casa amb la trista notícia de la meva desaparició. Només de pensar en la tristesa de la meva família per haver perdut la filla, la germana petita, la néta estimada, la neboda enyorada, em vaig posar a plorar més fort i gairebé em vaig oblidar del mal de queixal. Quina pena que em feia a mi mateixa! Quina pena que em feien els meus pares, els meus antipàtics germans, els avis i els cosins, perquè no em tornarien a veure mai més!

—Has perdut! —vaig sentir de sobte.

—Has arribat l'última; jo he guanyat i la teva mare ha arribat segona. Hem menjat uns crancs boníssims per berenar i no te n'hem deixat ni un!

—Que bruta i que tard que arribes! Segur que t'has entretingut pel camí, jugant i fent bestieses. La teva cosina, en canvi, ha arribat la mar de bé i a l'hora que tocava.

Quina poca gràcia! Havia estat a punt de desaparèixer per sempre i així és com em rebien? Havia estat a punt de morir, devorada per les piranyes, i només se'ls acudia de dir que anava plena de fang? M'havia perdut i només em deien que arribava tard?

Estava tan indignada i tan cansada, que em vaig empassar les llàgrimes i només vaig dir amb un fil de veu:

—M'he perdut perquè se m'ha espatllat la brúixola i se m'ha mullat el mapa, i no sabia quin braç del riu havia d'agafar.

En sentir això, la meva mare, en comptes de consolar-me, es va posar a riure.

—Aquesta sí que és bona! Que t'ho has cregut, que hi havia diferents camins i que us podíeu perdre? Potser sí que et penses que us voldria posar en perill! Si t'haguessis mirat bé el mapa, hauries vist que els tres braços del riu porten al mateix lloc, que és on hem arribat totes tres.

Mal sopada, i baldada, em vaig ajeure damunt d'una pedra, ben separada de les meves companyes de viatge. Aquell dia havia estat un dels pitjors de la meva vida i em vaig prometre a mi mateixa que no aniria mai més d'excursió, que no em tornarien a enredar mai més a fer un joc d'orientació i que no tornaria a dirigir la paraula a la meva mare i a la meva cosina en tota la meva vida. Estava tan enrabiada, que vaig pensar que no m'adormiria en tota la nit, però vaig badallar tres cops, vaig dir dos renecs en veu bai-

xa i se'm van tancar els ulls com si fossin les persianes d'una botiga.

Mentre dormia, vaig somiar una altra vegada que totes les dents em queien, que baixaven rodolant per un pendent fins que es tornaven a ajuntar i que m'empaitaven per mossegar-me la cua.

El tercer dia em vaig despertar amb un gemec i una punxada de mal de queixal.

—Bon dia! És hora de llevar-se —vaig sentir que deia la meva mare cantussejant amb una veu forta i desafinada—. Vinga, dormilegues, desperteu-vos. Us he preparat un esmorzar boníssim!

Era tan d'hora que amb prou feines havia sortit el sol, però a través de l'ull que havia mig obert vaig veure la mare vestida d'excursionista, bufant un foc que havia fet a terra i brandant una gran paella amb la pota dreta.

—Mare, és massa d'hora per llevar-se. Que no ho saps, que els cocodrils som mandrosos i que ens passem el dia jaient? No vulguis anar en contra de la nostra naturalesa! Tenim son, l'aigua del riu deu ser freda, hi ha una boira espessa que no ens deixarà veure el camí... —vaig remugar.

—*ZZZZZZZZZZZZZZ* —va roncar la meva cosina.

—Els bons excursionistes es lleven ben aviat, fan un bon esmorzar i emprenen el camí amb esperit alegre.

Aquesta va ser l'única resposta de la mare, que, per variar, no va veure la cara de pomes agres que fèiem la meva cosina i jo.

—He consultat el manual del bon cocodril excursionista i us he fet cacauets garapinyats. Ja veureu que bons i quanta energia tindreu quan n'hagueu menjat uns quants.

—Cacauets garapinyats per esmorzar! A qui se li acut d'oferir una cosa tan dura i tan dolça a un cocodril al qual fan mal dues dotzenes de queixals? —vaig replicar—. Mare, aquestes lectures t'estan perjudicant, que no te n'adones?

Es veu que no, que no se n'adonava, perquè no em va contestar.

Com que gairebé no havia sopat i tenia una gana que m'alçava, vaig menjar-me'n uns quants com vaig poder, intentant no mastegar gaire fort. Mentre em feia la motxilla, em notava les dents plenes de sucre i de miques de cacauet i tenia una sensació estranya, com si se'm moguessin unes quantes peces. No vaig tenir temps de parar-me a pensar què em passava, però, perquè les meves companyes ja s'havien tirat a l'aigua i m'esperaven per fer l'últim tram de camí. Fent un gran sospir, jo també m'hi vaig tirar, tot desitjant que s'acabés aquell malson d'una vegada.

Aquell dia havíem d'anar tota l'estona juntes perquè se suposava que nedàvem

per un tram del riu perillós; hi havia poblacions no gaire lluny de la ribera i corríem el risc de trobar-nos algun caçador que s'enamorés de la nostra pell.

—A més —ens va explicar la mare—, em van dir que en aquest tram del riu hi viuen moltes piranyes i si anéssim soles ens podrien atacar. No vull ni pensar tot el que us podrien fer si us ataquessin, pobretes, joves i inexpertes com sou. No patiu, però, perquè passi el que passi jo us protegiré.

Vaig pensar que podria fer-li una classe, a la mare, sobre les estratègies d'atac i de contraatac de les piranyes, que podria explicar-li com és de difícil lluitar sola contra un munt d'aquests petits monstres. Però estava tan cansada i em feia tant de mal la boca, que no vaig dir res i vaig continuar nedant amb el morro ben enfonsat dintre de l'aigua.

Aquesta no va ser l'única observació de la mare. A la nit —no sé a quina hora deuen dormir els grans—, s'havia estudiat totes les tècniques de camuflatge per passar desapercebut en un riu i havia decidit un pla.

—He llegit que la millor manera d'enredar els caçadors és anar ben camuflades. I ja he pensat què podem fer. Serà com si preparéssim una festa de disfresses.

La meva cosina i jo ens vam mirar de reüll, horroritzades. Ja sabíem que les idees que la meva mare explicava amb una entonació especial, com si tot fos divertidíssim, eren perillosíssimes, i que si deia que ens divertiríem, el que era segur és que no ens ho passaríem bé.

—Mare, vols dir que ens hem de disfressar, ara? Perdrem molt temps i tinc molt mal de queixal!

—Tieta, pensa que els meus pares ens esperem a sopar i si fem tard patiran...

La meva mare va fer com si sentís ploure.

I així va ser com ens vam convertir en una mena de troncs d'arbre florits, a còpia de recobrir-nos amb una crosta espessa de fang, damunt de la qual vam clavar branques i branquillons i unes quantes flors pansides que flotaven damunt de l'aigua.

Nedàvem en fila índia, però jo estava tan enfurismada, avergonyida i adolorida —tenia la sensació que dintre de la meva boca s'havia desencadenat una batalla naval, en què els queixals es disparaven canonades els uns contra els altres—, que, sense adonar-me'n, em vaig anar quedant ressagada.

«On són les altres», em vaig preguntar de sobte. «No es veuen per enlloc. Espero que no se'ls hagi acudit de jugar a cuit i amagar perquè no en tinc gens ni mica de ganes.»

Vaig mirar i remirar per totes bandes i no les vaig veure. Només sentia el soroll dels ocells i els crits dels micos entre els arbres. Vaig continuar nedant una estona més, cridant-les fluixet, perquè no volia que se'm notés que començava a estar una mica neguitosa. On s'havien ficat?

Mentre rumiava on podien ser, vaig sentir un soroll com d'algú que camina amb la intenció que no se'l senti. Em vaig aturar i em vaig quedar absolutament quieta. «Crac, crac, crac...» Semblaven passes de persona.

—Xxxt, no feu soroll. Per aquí n'hi poden haver!

Eren persones! Segurament eren caçadors que, amb poca traça, intentaven amagar-se a la vora del riu per esperar que passessin les seves preses. I jo, em temo, era una de les seves preses preferides.

Per primer cop durant aquell viatge vaig trobar que la meva mare havia tingut una idea encertada. La meva ridícula disfressa de tronc d'arbre em protegia de la vista d'aquells gamarussos i ajornava, de moment, la meva conversió en moneder de pell de cocodril.

—M'ha semblat sentir un soroll que ve d'allà baix —vaig sentir que xiuxiuejava un dels caçadors.

—Anem caminant per aquesta banda del riu i intentem enxampar alguna cria que hagi quedat sola.

Se'm va fer un nus a la gola. Havien sentit la meva mare i la meva cosina que, de ben segur, devien nedar confiades, pensant que la seva disfressa innocent les protegia del soroll que feien.

Vaig posar-me a nedar, seguint silenciosament els caçadors. La meva oïda, més fina que la seva, em permetia de sentir fragments de la conversa de les meves companyes:

—La protagonista és cocodril o persona...? És d'aventures...? Va passar fa molt de temps...?

Jugaven a endevinar pel·lícules! Com podien ser tan pallusses? Per què no callaven i actuaven d'acord amb la disfressa que duien?

I la mare, que deia que ens protegiria!

Els caçadors també van acabar sentint els sorolls que feien aquell parell d'inconscients i vaig sentir que —«clic, clac»— preparaven les escopetes i acceleraven el pas.

«He de fer alguna cosa ràpidament», vaig pensar, morta d'angúnia.

I vaig començar a nedar, amb el morro ben enfonsat dintre de l'aigua, cap al marge del riu on hi havia els caçadors.

No tenia temps per pensar com podia atacar-los, així que l'única cosa que vaig fer va ser agafar amb la boca —ai, pobres dents!— una branca llarga que baixava flotant per l'aigua. Em vaig acostar a la riba fins que vaig quedar, ben quieta, al costat dels caçadors. Llavors vaig veure que eren dos, que també s'havien aturat i que tenien les escopetes a punt per disparar.

—Quan digui tres —va dir el que semblava que manava—, disparem. Jo apunto la gran i tu dispara damunt de la petita. Quina sort que hem tingut! Avui ens haurem guanyat el jornal sense cansar-nos gens ni mica. Va, som-hi, una dues i…

Vaig fer un salt, amb la branca ben agafada entre les dents, i em vaig tirar damunt dels dos caçadors. Amb el cop i l'ensurt, els van caure les escopetes a terra i quan van veure com els atacava un tronc d'arbre, ple de floretes encastades al damunt, van fer una cara de terror que no oblidaré mai i van arrencar a córrer, jungla endins, cridant auxili.

—Això és cosa de màgia —vaig sentir que cridaven—. Com és possible que els arbres siguin vius?

—M'ha semblat veure dos ulls que sortien del tronc! —va dir un.

—Correm fins al campament i marxem ben lluny —va exclamar esgarrifat l'altre—. Hauríem d'haver fet cas de la

gent d'aquí, que diu que els cocodrils no es poden caçar!

Encara que no ho sembli, els cocodrils també ens podem moure de pressa quan som fora de l'aigua. I els vaig empaitar una bona estona, per assegurar-me que no tornarien a la vora del riu per recuperar les escopetes.

Quan van ser ben lluny, vaig deixar anar la branca, vaig tornar cap al riu i, amb un parell de cops de cua, vaig destrossar les armes dels caçadors i les vaig tirar a l'aigua. Aquells dos havien quedat ben escarmentats. Si m'hagués endut el caçapapallones que em volien donar els meus germans, els l'hauria regalat perquè canviessin d'afició.

Contenta i satisfeta de mi mateixa, vaig nedar ben de pressa per anar a trobar les meves companyes.

—Hola, petita! On eres? —va dir la mare—.T'estàvem esperant per anar a dinar. Hem trobat un racó ple de larves tovetes que hem pensat que t'agradarien i que no et farien mal en mastegar-les.

Ai, la marona! Com es podia viure d'aquella manera, tan encantadorament despistada? Sense explicar res del que m'havia passat —no valia la pena—, em vaig acostar per fer-li un petó, mentre ella em donava, distreta, un cranc bastant dur, en comptes de la larva toveta que m'havia promès.

Havent dinat, la mare, la meva cosina, el meu mal de queixal i jo vam nedar per l'últim tram del riu que ens va dur fins a la raconada on vivien els meus oncles.

Aquella nit, vam ajeure'ns al voltant d'un bon sopar i la mare va explicar, entusiasmada, totes les aventures que havíem viscut —i ella què sabia!— i totes les idees que se li havien acudit per entretenir-nos i per protegir-nos dels perills del viatge.

—Per sort, a la biblioteca —deia, amb la boca plena— vaig trobar un llibre que explicava un munt de coses la mar d'útils per anar de viatge. Quan sigui a casa, hi hauré de tornar per buscar altres llibres...

Mentre parlava i parlava, els oncles badallaven dissimuladament, la meva cosina dormia sense dissimular gens i jo gemegava fluixet, perquè notava que les dents se'm movien i tota la boca em feia mal.

Finalment, van tocar la qüestió que ens havia dut tan lluny de casa: la meva visita al dentista. Els meus oncles havien demanat hora per a l'endemà al matí i es va acordar que la meva mare m'hi acompanyaria.

El somni que vaig tenir aquella nit va ser el pitjor de tots: vaig somiar que el despatx del dentista era ple de diplomes que deien:

En una banda de la paret de la consulta hi havia fotografies de cares de cocodrils amb les dents tortes i mal posades, que miraven l'objectiu de la càmera amb uns ulls bastant tristos. A sota de les fotos, hi havia un rètol que deia:

A l'altra banda de la paret, hi havia les mateixes cares, amb ferros a totes les dents —recordeu que els cocodrils en tenim moltes— i gometes de diferents colors —blaves, grogues i vermelles— que els subjectaven. La mirada que aquelles pobres bèsties dirigien a la càmera ara ja no era de tristesa, sinó de desesperació. El rètol que hi havia a sota deia:

Finalment, la tercera paret de la sala estava adornada amb fotografies d'aquelles mateixes cares de cocodrils sense ferros, amb les dents una mica menys tortes, que dirigien a la càmera una mirada carregada d'odi contingut. A sota, hi havia un text que deia:

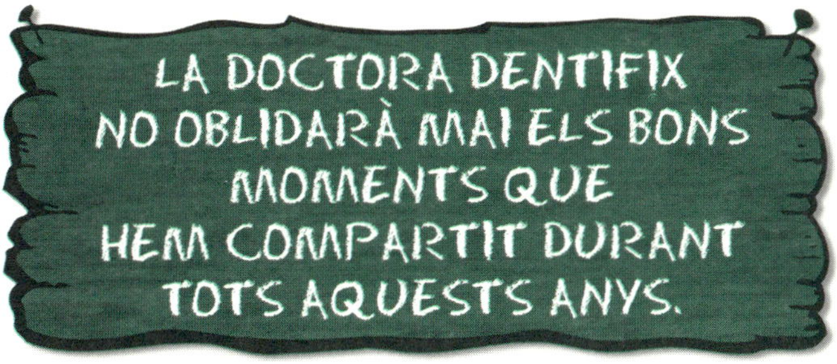

I el pitjor de tot era que en cada paret hi havia un espai buit, sense fotografia, amb un paper enganxat en què hi havia el meu nom. En el meu somni em vaig veure a mi mateixa fugint, encalçada per una doctora que somreia de manera cruel enmig d'una boca plena de ferros i que m'empaitava amb unes tenalles i un rodet de filferro a les potes.

Quin horror! Era allò el que m'esperava l'endemà al matí? Preferia tornar-me a enfrontar amb les piranyes i amb els caçadors, en comptes d'anar al dentista. Em vaig despertar cridant, morta de por i d'angúnia.

3
La visita a cal dentista

—Bon dia —va dir la meva tieta—. És hora de llevar-se. Avui és el gran dia!

Tal com havíem quedat, aquell matí em van dur a cal dentista, però la seva consulta no era en cap edifici elegant, sinó al costat d'una bassa d'aigua estancada, pudent i plena d'insectes. El dentista era un cocodril vell i rebregat, que em va preguntar quants anys tenia i em va fer obrir la boca de bat a bat, mentre mirava i remenava entre les meves dents i els meus queixals adolorits.

Al cap d'una bona estona d'inspeccionar l'interior de la meva boca, de moure els ulls amunt i avall i de fer petar la llengua —«tse, tse»— amb posat preocupat, em va fer tancar la boca i va dir a la meva mare el que li havia de pagar:

—Tres mil dos-cents cinquanta-cinc i mig justos —va dir parant la pota.

A mi em va semblar una fortuna i, com que m'havien ensenyat que els diners es gastaven en coses importants, vaig estar segura que m'haurien de fer alguna cosa importantíssima i, segurament, dolorosíssima a la boca:

—Ai, pobra de mi —vaig dir fluixet—. Això serà una tortura que durarà un munt d'anys!

Fins que la meva mare no li va donar el que ens havia demanat, aquell lladregot no va pronunciar el seu veredicte:

—Aquesta criatura —es referia a mi— té pràcticament totes les dents i tots els queixals corcats —això no era cap novetat—, segurament a causa de la ingestió d'aliments excessivament dolços. —Ai las, les llaminadures de la meva cosina!—. I això li deu provocar un dolor bastant agut. —Finalment algú s'adonava del mal que em feia la boca.

—Ai! —vaig sospirar.

—En aquests casos —va continuar el dentista—, el tractament més adequat consisteix a desinfectar, empastar, serrar, esmolar, polir i, potser, fer alguna extracció —en aquest punt, em vaig començar a marejar— de les peces més malmeses.

«Ui, totes ho estan!», vaig pensar jo, deixant anar un gemec.

—Però —va fer una pausa molt llarga—, ateses l'edat i la situació de la criatura —i aleshores em vaig pensar que diria que, a sobre, havia de dur ferros, i vaig sentir un calfred—, el que jo recomano és deixar que la naturalesa faci el fet sense interferències professionals.

—Què? —vam dir la mare i jo, una mica perdudes.

—És a dir —a veure si ara enteníem alguna cosa—, com que es tracta de les dents infantils, que han de ser substituïdes per les definitives, crec que el millor és no fer res. De fet, ja se li mouen gairebé totes les peces. D'aquí a pocs dies li hauran caigut i li sortiran les noves, sens dubte, més sanes que les actuals.

O sigui que, parlant en plata, havíem fet el viatge i ens havíem gastat els diners per a no res. Jo, pobra de mi, no sabia que els cocodrils canviàvem les dents. I la mare, ocupada sempre en un munt de coses innecessàries, no m'havia explicat com funcionava la dentadura dels cocodrils.

—Ai, la meva filleta, que gran que s'ha fet! —va exclamar la mare, tota contenta—. Com que és la petita, em pensava que no havia de créixer mai. I ves, ja ha de canviar les dents! —va afegir amb un somriure tendre.

—M'ho hauriez pogut dir abanz! —vaig rondinar com vaig poder, perquè les manipulacions del dentista m'havien fet saltar les dues peces del davant—.

Enz hauríem eztalviat moltz dinerz i un munt de maldecapz.

Com que a hores d'ara ja coneixeu molt bé la meva mare, no us sorprendrà saber que el meu comentari no la va deixar gens ni mica preocupada. Em va fer un petó a la galta que em va fer exclamar un ai de dolor i es va acomiadar amablement del dentista, el qual es va desar els diners en un replec de la seva pell fent un somriure sinistre i, curiosament, bastant desdentegat.

Vam tornar a casa dels oncles per donar-los la bona notícia de la meva pròxima recuperació, ens vam acomiadar de tothom i vam emprendre el camí de tornada.

Quan ja ens allunyàvem, em va semblar sentir que la meva cosina feia un gran sospir d'alleujament. No m'estranya.

4
El final

El viatge de tornada a casa va començar bastant bé. La mare es va oblidar el manual del bon cocodril excursionista a casa dels oncles i, per sort, no se li van acudir noves idees per jugar, caçar, amagar-nos i entretenir-me. Tampoc no vam trobar ni piranyes, ni micos ni caçadors que ens destorbessin.

Així doncs, anàvem fent tranquillament i, per primer cop a la vida, xerràvem i ens explicàvem coses com si fóssim dues cocodrils adultes. La mare em contava coses de quan era petita —vaig quedar molt sorpresa de descobrir que ella també havia estat petita!—: com havia après a caçar amb els seus germans, com la meva àvia s'havia fet un collaret amb les dents

que li havien caigut, com s'havien conegut i s'havien enamorat ella i el meu pare —aquesta part era molt romàntica—, com havíem nascut nosaltres i quines trapelleries fèiem quan érem petits...

M'agradaven tant aquelles històries, que gairebé no m'adonava que, ara l'una, ara l'altra, m'anaven caient totes les dents i tota la colla de queixals que em molestaven. Cada vegada que em queia una peça, sentia un gran alleujament i la boca em feia una mica menys de mal.

Al tercer dia, quan vam arribar a casa, no em quedava ni una dent a la boca i el pare, els avis i els meus germans i germanes —ja no em recordava que havia decidit que no els tornaria a dirigir la paraula— ens van rebre amb una gran abraçada.

—Com us ha anat el viatge? Què us ha dit el dentista? Com estan els oncles? Què ens heu portat?

Ens abassegaven amb les seves preguntes.

—Ha estat un viatge molt tranquil, sense cap ensurt, i ens ho hem passat

molt bé —responia la meva mare—. El dentista, un gran professional —afegia—, ha fet molt bé la seva feina.

No sé com no li van caure totes les dents a ella, després d'haver dit allò!

—Fa no em fa fal fap fent —farfallejava jo.

I era lògic, perquè no me'n quedava ni una.

—Ho tenim tot apuntat en el diari que hem anat escrivint durant el viatge.

Si jo n'escrivís la meva versió, ningú no se la creuria.

Al vespre em van preparar un sopar adequat al meu nou estat: puré de suc de tortuga, algues de riu gratinades i mandonguilles de molsa fresca. I ningú no va riure's de mi quan explicava coses amb la meva parla desdentegada.

Aquella nit, va ser la primera dels darrers set dies que vaig dormir d'una tirada, sense somiar res de res.

A partir de l'endemà de l'arribada, la nostra vida va tornar a la normalitat, em van sortir dues fileres de dents i de queixals forts i esmolats i els meus germans grans em van tornar a prendre el pèl sempre que els venia de gust. La meva mare va lluir durant força temps un collaret fet amb les peces menys corcades de la meva dentadura i va tornar a estar sempre molt enfeinada, llegint els manuals de la vida sana dels cocodrils, de la higiene dental dels rèptils i de l'aprofitament de l'aigua del riu.

Un dia vaig preguntar-li, una mica preocupada:

—Mare, a més de les dents, als cocodrils hi ha alguna altra cosa que ens hagi de caure mentre som petits i que després ens torni a créixer?

Volia estar segura que un dia no tindria un ensurt perquè m'havia caigut la cua, per exemple, i resulta que després me'n sortiria una altra.

—Em sembla que no —em va contestar, distreta—. Però la veritat és que no me'n recordo gaire, perquè fa tant de temps...

—Ai! —vaig sospirar resignada—. Quina mare que m'ha tocat!

I així va anar passant tranquil·lament el temps, sense que a la meva vida hi hagués cap altre canvi que valgui la pena de ser explicat.

Fins que un dia va arribar un cosí que vivia aigües amunt, a prop del naixement del riu. Va arribar net i polit i carregat de regals per a tota la família...

Han escrit i han dibuixat...

Anna Cros

Em dic Anna, i la meva filla no és cap cocodril, però de vegades sóc una mica pesada i distreta, com la mare del conte. De petita duia ferros a les dents, i cada vegada que anava a cal dentista i me'ls estrenyia, veia les estrelles i renegava en veu baixa, com fa la protagonista d'aquesta història. Ara bé, quan me'ls van treure, ja no vaig pensar més en el mal de queixal i vaig començar a pensar en els llibres: en devorava l'un darrere l'altre i, com que veia que no se m'indigestaven, he continuat fent-ho tota la vida.

Normalment sóc professora, però de vegades m'agrada escriure contes. Fa uns quants anys en vaig escriure un sobre bibliotecàries i ogres golafres a mitges amb el meu amic Salvador Comelles. Em va agradar molt l'experiència d'escriure a quatre mans, i ara, que he volgut provar de fer-ho amb dues, també m'hi he divertit força. Com que des de petita m'agrada passejar pertot arreu, he situat el conte en un país molt diferent del nostre i he volgut que la protagonista viatgi i s'hagi d'espavilar per arribar a bon port. Ja veureu que no ho té gens fàcil! Espero que aquesta història agradi als nois i noies que llegeixin aquest llibre i que els faci venir gana, vull dir ganes de llegir-ne altres.

Jani Lunablau

Hola!, sóc la Jani i he nascut força lluny d'aquí, on els boscos són plens de cérvols, porcs senglars, conills i algun Hänsel i alguna Gretel molt de tant en tant. De cocodrils, però, ni rastre, perquè fa massa fred per a ells, i per a mi, la veritat és que també.

De petita volia ser pintora (de les que pinten parets), i com que m'agradava moltíssim el mar, pensava que ser pintora dins un vaixell seria una gran idea. Quan vaig créixer, però, pensava que pintar parets podria ser molt avorrit a la llarga, i em vaig posar a pintar animals. Però ningú no volia parets plenes d'animals!

Me'n vaig anar a Hamburg per estudiar il·lustració i, després, vaig venir a Barcelona amb una beca. La ciutat em va agradar molt! Aquella idea inicial de pintar parets dins un vaixell es va anar transformant, però només una mica, i al final vaig optar per viure al costat del mar (té l'avantatge que et mareges menys) i il·lustrar contes.

M'encanta la meva feina —sempre aprenc alguna cosa nova—, i temes que en principi a la millor semblen avorrits d'entrada, al final resulten molt i molt interessants. Si us ve de gust, podeu veure més dibuixos meus en la pàgina web www.lunablau.com.